소금 박물관

소금 박물관

손영희 시조집

Sijo Poems by Son Young Hee

동학사

■ 시인의 말

새와 바람, 그리고 거미와 고라니 심지어 멧돼지가 친구다
늘 무언가에 쫓기듯 살아온 날들이 자연과 마주하면서 비
로소 제 속도를 찾은 것 같다.
풀 뽑고 나무심고 하는 사소한 일상들이 내가 그렇게 죽을
둥 살둥 찾아 헤매던 것들이었다니, 빗소리 바람소리가 가슴
이 저리게 좋다.
개와 닭, 토끼, 염소 식구가 자꾸 불어난다.

치유 받는 삶 속에서 덤으로 얻는 시詩

2015년

손영희

소금 박물관 손영희 시조집

01

02

03

04

01

Poems by Son Young Hee

정자리 1

노란 스쿨버스가
없는 아이를 싣고 간다

봉고차가 하우스쪽
할머니들 싣고 간다

동살이 적막 속으로
순찰병처럼 스며든다

노란 스쿨버스가
없는 아이를 부려놓고

봉고차가 풀죽은
고춧대들 부려놓자

노을이 아랫목으로
밑불을 놓고 있다

정자리 2

반쯤 헐린

흙담 안

바스락대는

시래기들

헛기침하듯

무릎걸음으로

마루를

당겨놓고

이빠진

햇살한줌이

찬밥덩이

오물거린다

정자리 3

— 곤포사일러지*

목 잘린 몸뚱어리들
수거될 그날까지

흰 수의 입고 묵언 정진하는
사리들을 보라

여든에
여덟 번 허리 굽힌
보살들의
힘이다

* 곤포사일러지 : 사료용 짚단.

정자리 4

— 개와 나

성대를 잃어버리고
말을 잃어버리고

하루종일
저 산 아래 세월만 바라보는데

된새*가
뭐라뭐라 한다

두 귀머거리의
다정한 이웃

* 된새 : 뱃사람들의 은어로 북동풍(北東風).

정자리 5

— 아프리카

수박만 먹고 자라 배가 남산만하다

한숨만 내쉬던 고열의 비닐하우스

밥그릇 갈아 엎어버린 그 여름이 끓고 있다

옷을 벗자 드러난 화석 같은 갈비뼈 아래

희멀건 눈을 뜨고 바닥에 들러붙어

목숨 줄 겨우 잡고 있는 꼭 그만한 머리통들

요양병원 302호

1

아랫도리는 그렇지 처음이자 끝이지
聖과 慾이 한구멍으로 제 일생을 밀어넣듯
태초로 숨어든 그녀들이
순진무구의 눈을 뜬다

거룩한 냄새로 유언을 쓰려는 듯
욕망이 다 빠져나간 적막한 집을 이고
이승의 저린 말들을
향기로 쏟고 있다

2

고장난 시소처럼 앞 뒤 없이 흔들리다
죽음이 누르고 있어 무거워진 눈꺼풀로
서서히 풍화해 가는
만월 속의 구멍들

입춘

벌서듯 흰 눈 이고 휘청대는 숲이 있다

바람이 아홉 개의 꼬리를 감추느라*

댓잎에 희번덕거리는 제 몸피를 들키고 만다

무엇이 꿈틀대는지 한 뭉텅이 사념을 쏟는

햇살 미끄러지는 얼음 한쪽 금이 가고

그곳이 마음자리인 듯 퍽 하고 떡메를 치는

---

* 문성해 시집에서 차용

성냥

불을 당긴다는 말,

너를 당긴다는 말

확, 가슴으로 번져

발목 잡힌 다는 말

목숨이

목숨을 바꿔

한 줌 재로 남는다는 말

그레고리오 성가

1

자작나무 숲을 지나 한 남자가 불거졌다
구름을 타고 오느라 입이 무거워진
잎들은 잠시 불통이었다
퍼즐을 맞추는 동안

그는 풍문으로만 날선 칼을 보내왔다
칼은 제 본업인 춤에 충실하여서
심장이 조금 상했고
그늘이 움텄다

2

때늦은 고해로 피워 올린 꽃이라니
코감기 앓는다고 피가 조금 흘렀을 뿐
몸에서 빠져나간 것이
새일까
알일까

밥

생애의 한동안을 박음질로 보냈다

한숨과 서러움을 포개어 박다보면

장딴지 시린 근육에 이력이 붙곤 했다

피댓줄에 감긴 생이 어디 너 뿐이랴

220볼트 전류가 끓여주던 뜨거운 밥

골방에 녹슨 모터미싱

내 정신의 스파크여

쇠비름

거지아낙이
처마 밑
어둠 속으로
스며들어

핏빛 속곳에
둘둘 말아
버리고 간
업둥이

질기고
질긴 업으로
땅을 기는
저
천민
근성

11월

천둥 번개의 저녁, 다압*이 소란스럽다
잠으로의 귀환이 늦어질 예정이어서
늦도록 입을 다물고 혀끝을 쓰다듬는다

바람이 연주하는 녹슨 물관악기들
저토록 긴 호흡을 누가 울고 가는지
자꾸만 되돌아보는 길 떠남의 부산함이여

뒤에 남을 후회들이 밑줄아래 흔들리고
앞에 올 풍경 또한 숫눈처럼 서걱거려
빈 들판 비긋는 소리로 섬 하나가 솟는다

---

* 다압 : 광양시 다압면 – 지명

흔적
— 멧돼지

1

파고, 또 파도 채워지지 않는 허기
포위망 좁혀오는 산 그림자에 길 잃는다
위험은 총 가진 자의 눈빛에서 살아나고,

외롭다 말하는 법을 알지 못했을 뿐
낙타처럼 우아하게 걷는 법을 몰랐을 뿐
전류가 흐르는 철책, 덫은 치욕이다

2

기억도 가물거리는 고구마밭 여기던가
시간을 되물림하는 짐승으로 분류된 자
머리로 들이받을 때 그건 고독의 영역

증도에서

— 소금 박물관

나를 불러들인건 짜디짠 생의 비의와

꿈속에 아삭거리던 소금꽃 피는 소리

다리를 막 건너서자 환영처럼 눈 내린다

갯벌을 이고오신 어머니 눈 터는 소리

길이 끊긴 바닷가 벼랑으로 몰리고

남겨진 소금창고에 서러운 듯 쌓이는 눈

어시장 백서

가랑이 벌리고 앉아 비늘을 깎고 있는

어시장 바람 난전 고무바지 저 여자

먹다 만 점심쟁반이 타인처럼 놓여있다

주름진 목덜미와 이마가 반짝이고

무표정한 사타구니에 소금꽃이 피었다

어디로 튈지 모르는 저 비늘들이 밥이다

몇 마리 더 깎아야 날개를 달게 될까

학자금 밀린 방세 궤짝마다 쌓여있어

비릿한 어깨통증을 일수 찍듯 다독인다

손영희 시조집_소금 박물관

02 Poems by Son Young Hee

속천항_목욕탕에서_뜰_겨울의 얼굴_산양_깃발_펜혹_겨울 장복산_4월, 진해_새집_안녕, 지중해_문산버스터미널_독백_어느 소설가의 구두_베개

속천항

불빛 속 흘러나온 죽지 흰 새 한 마리
바다 위를 날아간다, 망망한 허공 속을
도심 속 물고기 떼의
퀭한 눈빛 삼킨 새

파고드는 허기는 기적소리가 삼키고
후회는 헛되어서 몸 바깥을 돌고 돌아
한 바닥 가득한 낙서들로
바람에 맞설 뿐

새가 물고 가는 건 연민만이 아니다
물 위에 너울대는 슬픔만도 아니다
죽지에 얼굴을 묻고
눈물의 음역을 건너갈 뿐

목욕탕에서

1

저기
산을 품고 오는
여자가 있다

두 봉오리
발그레
홍조를
띈

거무룩
더욱 짙어진
산도産道가 아름다운

2

네 둥근 자궁을 안아보자, 여자여

다산을 꿈꾸는

내 집은
적막하니

누대의
가계家系로부터
핏줄로
이어졌으니

뜰

찔레꽃 푸른 5월이 종알대던 담 너머, 얼굴에 부스럼 난 그 아이는 숨어서
고샅을 돌아나가는 꽃상여 귀로 쫓고,

아버지 키우시던 허기진 꽃 이름들 해바라기 물봉선 키가 작은 채송화
저 홀로 입술 파래져 무당기 도지는,

겨울의 얼굴

창문 앞으로 다가앉은 헐벗은 장복산

귀향하던 새들이 압화처럼 박혀있다

수척한 햇살 속으로 언 마음이 미끄러지고

벚나무 굵은 둥치에 저승사자처럼 매달려

고사지를 쳐내는 한 무리 검은 사내들

잔설이 진저릴치며 음지쪽으로 몸을 튼다

산양

지금 막 저 굽이를 돌아서 가려느냐
비탈진 산기슭 다리 절며 내려오는
차갑게 외면하던 길이
불쑥 불쑥 튀어 오르고

바닥의 옹이 같은 작고 둥근 흔적이
마음의 갈피마다 방점을 찍고있다
절벽이 앞에 있어도
또 다른 절벽 있다고

희망이 길이라면 저 길 끝에 서 있으렴
숨은 길을 더듬어 나를 데려가겠네
검은 뿔 상처로 아문
쟁쟁한 울음소리

깃발

— 신호수

한 번도 웃는 법을 배운 적 없는 저 사내
그가 흔드는 건 희망이나 절망이 아니다
드러난 배후를 감추려는 무심한 몸짓이다

속도를 다독이는 건 깃발의 숙명일 뿐
고개 숙인 밀랍인형 굳어진 표정 위로
어느새 빗더미처럼 분진들이 덧쌓이고

슬글슬금 갓길로 빠져나가는 BMW
반나절 허둥대도 읽히지 않는 기호일 뿐
정체된 생의 통로는 언제쯤 풀어질까

펜혹

궁지로 밥 먹이고 고독은 간식이었으나

깎아내도 되살아나던 중지 안쪽 푸른 혹

내 생애

처음으로 맛본

이브의 사과였다

겨울 장복산

누구나 가슴 열고 속내를 보일라치면
보이는 저만큼은 상처들 다 있겠다
수굿이 무릎 세우고 볕을 쬐는 겨울산

저 가파른 길들은 누가 보낸 선물일까
무심코 한 말들이 심장에 꽂혔을까
어머니 가슴에 새긴 칼금처럼 서늘한 길

멀리서 또 누가 정상을 향해 가고 있다
사람에게로 가는 사람의 길이 보인다
출근길 죽비로 서서 앞을 가로 막는 산

4월, 진해

차마 눈이 부셔 대면하지 못하겠습니다
호시절이야 잠깐이니 아쉬울 것 없습니다만
대문 밖 상춘의 계절이
치매 앓는 노모 같습니다

꼭 이맘때 명치끝에서 울컥, 치밀어오는
오래된 지병이 제 처소를 떠날 줄 모르니
바람에 실려 온 꽃잎이나
세어볼까 합니다

새집

1

지상은 아무래도 손 타기 더 쉬운 곳
아슬한 벼랑에 새끼 목숨 걸어놓고
신에게 가까이가려 가지 끝에 집 짓는다

2

퇴화된 날개 부족, 사람의 집도 허공
높이, 더 높이 층층 탑을 쌓고 있다
지구는 몸이 무거워 한 번씩 흔들어준다

안녕, 지중해

돌로 지은 성들은 바다 위에 떠 있고
눅눅하던 바람은 향불처럼 선善하다
한 번쯤 보고 싶은걸 누려보는 호사다

길 안든 반쪽 마음 다스려 떠나간들
세상 밖 어디쯤에 운명처럼 서게 될까
저무는 바다로 나가 돛배로나 흔들릴까

바람의 흔적으로도 숨을 곳이 없으니
풍경들 그러모아 벽을 쌓듯 업을 지으니
서녘에 싸락눈 몰리는 지극함이 배경이다

문산버스터미널

— 반보기

창호지 불빛 같은 은근함이 베여있다
정자리 갈산리 그리운 이름들이

아이를 들쳐 업고 온
눈빛 시린 신혼의 딸

시름 섞인 보퉁이 가슴팍에 끌어안고
완행으로 내달려도 마냥 부푸는 행선지

모녀의 얽힌 시선에
차창이 더욱 붉다

독백

짚불 삭은 아궁이 쥐들도 잠 깨는가
무덤덤이 눈뜬 새벽 귀만 한껏 부푼다
들녘을 혼자 걸어온 소슬함이 돌올하다

빈궁한 밥상에 올릴 생기반찬 한 접시
어디에서 구걸할까 사방이 적막인데
허기를 밑불 삼는지 여명이 한참 멀다

자작자작 무쇠 솥 밥물 잦는 저 소리
누구의 기척인지 어디 먼 안부 같고
오늘은 다만 비오고 바람 가득 불겠네

어느 소설가의 구두

어떤 시상식에서 통굽의 유쾌함을 본 적 있다

화려한 문장으로도 드러낼 수 없는 속내 어디까지 픽션이고 어디까지 논픽션일까 상 받으러 올라갈 때 박수 받기 적당한 높이의 소설 속에 끼워 넣지 못한 한 컷의 에피소드, 우주를 떠받치며 한껏 부풀어 있는 저 무한 통굽의 유쾌함에 박수를 보내는데

아, 휘청 흔들리는 건 바닥일까 나일까

베개

평생을 밑에 깔리기만 했으니
억장이 무너져 숨 막히기도 했으니

흥건히 젖기도 하고
멍이 들기도 했으니

품안에 그대를 고이 모셔놓고
내 연인을 삼아서 생을 지탱하느니,

서로를
끌어안느라
홀쭉해진
저 공명통

해피엔드_방충망 갈아주는 사람_잠행_장복산
벚나무 아래 _광석골 연못_요양병원302호_풍경
하나_바람의 족보_시작詩作_숫눈_낮별을
은유함_그때를 기억하고 있는 거니?_지독한
안부_휴대폰_나이테_로드킬

해피엔드

퇴근길 나 혼자서 영화를 보러간다

어둠이 무릎을 덮는 H열 1번자리

마음이 골목 같아서

외등 하나 켜고 싶은 날

가보지 않은 생은 언제나 해피엔드

폭풍 같은 어제와 실뱀 같은 내일이여

누선에 고이는 물기

흔들리는 엔딩 씬

방충망 갈아주는 사람

꿈속이었나,
누가
잠깐
다녀간 것 같다

나락으로
비 들이쳐
발치께가
흥건하다

누군가
내 몸을 뜯어내고
거미줄을
치고 있다

잠행

변방을 따라서 너울너울 곰배령 간다
바람의 유두가 부드럽게 만져지고

하늘은 초록을 찍어
붓질이 한창이다

첩첩 골을 비집고 원시로 들어서면
폐허가 기억해낸 시간의 화석인 듯

마음의 습한 불모지에
꽃들이 피어나고,

내 몸에 내 손이 닿지 않는 적빈의 등
순하디 순한 정적이 초서체로 스며들어

바람의 별미에 취한다
자유의 푸른 영토여

장복산 벚나무 아래

— 애마

오늘은
폭염 속 벚나무 아래가
내 집이다

햇살이 쇳물을 붓듯 내 몸을 달구는데

운명에 대항하는 건
침묵만이 무기

황량한 사막, 비포장도로는
오히려 성찬이다

말뚝에 묶인 몸, 발길질도 부질없어

문이란
문 죄 잠가놓고
열탕 묵언 수행 중

광석골 연못

까칠한 욕망들이 맨발로 수런거리는
방부목 끼워 맞춘 둥근 연못 산책로

저녁을 오래 걸었다
경건이 올리는 기도

각이진 설움들이 면발처럼 누그러지고
달도 한껏 부풀어 만월이 되어 가는데,

너는 왜 이곳으로 와
손잡지 않는 것이냐

달과 별이 발에 채여 물속으로 떨어진다
물방개 소금쟁이 잠에 취한 풍경 한 컷

지구도 보폭을 줄여
호흡을 조절한다

요양병원 302호

커튼 좀 치그래이, 눈을 안찌르나

해만지면 꺼이꺼이 목 놓아 울곤 했제 간다온다 말읎이 사라졌다 안카나 무슨 놈의 손때는 글케도 매운지 하루는 파출소로 도망을 안 갔나, 소장이란 그 놈은 나메가정사라고 손아귀에 질질 끌리가도 모른 척 하드라만 세월이 지난께 맞는디도 이골이 나서… 글케도 느그 아배 아이가, 귀신이라도 한번 봤으면 한다마는…

그기 다 내 징한 업본기라 내끼라 내낀기라

풍경 하나

쇠창살 짐칸에 팔려가는 암소 둘
고속도로 커브길에 넘어지지 않으려고

한사코 몸무림이다
탭댄스가 어지럽다

꾹 짜면 만나가 주르르 흐를 것 같은
젖통이 출렁인다 희비극 영화처럼

우긋이 젖이 도는 지
저릿하게 오는 통증

바람의 족보

1

떠돎이 생업이라 뼈대를 세우지 못했다

헛기침 한번으로도 허리가 곧추서는

아버지

그 아버지의

뿌리 없는

가계여

2

바람의 족속이어서 바닥이 가시밭길

꼬이고 뒤틀려 도플갱어처럼 떠돌다

돌아와

음복하며 엎드릴

내 어머니

어머니

시작詩作

— 사막

도도한 문장으로 붉게 도사려 앉은
평화로 위장한 무자비한 테러리스트
일생을 담보로 하여 너의 뒤를 좇는다

일렁횡대 전봇대 지평선 따라가는
어느 변방, 눈빛 깊은 족장의 게르에서
길 잃고 몇날 며칠을 꽃잠에 들고 싶다

바람과 모래가 조응하는 눈 먼 노래여
회오리 꽃바람 불던 눈 못 뜨는 여백이다
걸어서 가 닿고 싶은 내 피안의 절개지

숫눈

1

누군가 죄의식 없이 내 몸을 덮치리라
짜투리 끌어 덮던 그림자 생을 다한 듯
고요에 항거하느라 몸이 오그라들고

2*

꽃잎 같은 손바닥으로 해를 가리고
힐끗, 무연한 시선을 돌리더니
아무런 사족도 없이
땅으로
스
며
든
다

---

* 김주대의 「가차없이 아름답다」를 변주하다.

낮별을 은유함

빛바랜 군복 입은 허리 굽은 저 사내
납작하게 엎드린 그늘진 평상에서
뜯겨진 견장처럼 앉아
낮술을 마시고 있다

대륙을 건너오느라 세월을 탕진한 듯
솔기 튼 바람은 낮별을 비호하고
지나간 구호의 시대
곁눈질하는 차들의 행렬

꽃피울 명분 없는 생애의 사각지대
상징처럼 놓여있는 어깨가 움찔 한다
거수로 퇴장당하는
불콰한 저녁노을

그때를 기억하고 있는 거니?

열쇠꾸러미에 못 보던 열쇠하나 달려있다
잃어버린 습작노트 찾을 수 있는 그것일까
유년의 추억 창고를
열 수 있는 그것일까

도무지 알 수 없는 열쇠 하나 달려있다
내 몸의 일부가 되어 나와 함께 살고 있는
한 번 도 본적 없는 너,
너는 누구니?

푸른 산호초, 필사의 절벽, 투신의 오후 같은
내 생애에 내장된 비밀스런 기호들
그 문을 열수 있는 그때를
기억 하고 있는 거니!

지독한 안부

1

저물녘 붉은 해가 제 숨결에 집중한다
어긋난 문틈으로 부고를 기별하듯
단번에 눈을 찌르고 서산을 넘어갔다

오늘 아침 난분분 흩날리던 그 눈발들
젖은 솜처럼 무거운 퉁퉁 분 눈꺼풀위로
찬물을 끼얹곤 하더니, 바다로 뛰어들었다

2

독한 문장하나가 벼락을 치며 오듯
제 허물로 제 존재를 드러내며 오듯
죄 없는 신발 하나가 둥둥 떠내려 오듯

휴대폰

1

전동차 우주선에는 별들이 지천이다
저마다 하나씩 지병을 끌어안고
청춘의 알리바이를
블랙홀로 타전한다

바람은 휙휙 눈발을 넘어뜨리고
지상의 집들은 사선으로 기우는데
마음을 어루만지듯
손끝에 뜨는
'여보세요' 별

2

너를 알고부터 더 이상 꿈꾸지 않네
스킨십도 이제는 달콤하지 않아
꼬리를 흔드는 애완견처럼
우리 사랑,
너무
쉽지!

나이테

나무는 외로워서 가지를 많이 내었다

허공이 바닥인양 손을 뻗는 촉수들

바람의 어깨를 잡고 이리저리 흔들렸다

흔들림이 격해지면 새들이 와 울었다

흔들림이 줄어들면 고요가 파도쳤다

지척에 산짐승 소리가 비명처럼 들렸다

우레가 한번 울고 번개 다녀간 사이*

비로서 옹이 하나로 집이 된 싸리울

울타리 촘촘히 박힌 그리움도 집이다

---

* 배영옥 「물북」에서 가져오다.

로드킬

지상의 그 어떤 죽음이

저렇게 상스러울까

육체가 없었으면

없었을 구멍*

노제도

거적도 없이

비의 조문을

받는구나

---

* 이성복 「아, 입이 없는 것들」에서 차용하다.

4

04 Poems by Son Young Hee

꽃 피는 장미모텔_평사리_비토, 섬_축제_인력시장_국자_다후다 이불_옷_구제역_탐라 산수국_우포, 안리에서_맨홀_개들의 시간_어린왕자_개와 늑대의 시간_류마치스

꽃 피는 장미모텔

아늑한 내 방에선 꽃이 피지 않아요
푸르던 잎맥들이 시나브로 죽어가고

낯익은 풍경들에선
곰팡내가 나지요

은밀히 스며들어 정분을 나누면서
끝도 없는 긴 잠에, 들고 싶은 그런 방

바람이 한통속으로
어둠을 싸고도는 밤

우리 집 아파트 옆 꽃피는 장미모텔
낮엔 숨었다가 밤이면 다시 피는

생애가 온통 꽃이다
죄 또한 꽃이다

평사리

추녀 끝
낙숫물소리
들리다, 말듯

대나무 숲
바람이
말 건네다, 말듯

별당 쪽
흐느낌소리
들린 듯, 만 듯

만석 초록 들녘에
발자국 찍어놓고

서둘러 돌아오다
삐끗하는 세월이다

장맛비
그친 하늘께로
건듯 솟는
마른번개

비토,섬

굴막에도 들지 못해 갯가에 쪼그려 앉은
초로의 두 아낙이 오순도순 굴을 깐다
햇살이 현수막 걸고 호객하는 비토섬

쭈그러진 양은 냄비 겨우 바닥이나 채운
터진 손등 또 터진 하루 떨이해준 바람이
뻘밭을 기어오르다 제풀에 돌아앉은 섬

축제

1

창문 열자 사뿐 들어앉는 저 꽃잎

바람 불자 또 사뿐 날아가는 꽃잎

청마루 그늘이 깊다

몸살로 피는 봄

2

꽃잎이 꽃잎을 업고 뛰어드는 난장

꽃잎이 꽃잎을 밟고 뛰어가는 진창

생과 사 분분한 사월

이불 끌어 덮는 봄

인력시장

1

바람의 코뚜레가 팽팽하게 당겨지는
광장의 블랙홀 같은 어둑신한 시장골목
소처럼 거품을 물고
사내들이 달려든다

다리 굵고 튼실한 한 사내를 골라산다
부르튼 손마디로 고삐를 꽉 틀어쥔
오늘은 내가 그대의
일용할 양식이다

2

등골을 파고드는 허기가 생각난 듯
부르르 진저리치는 이방의 사내 몇
뒤꼭지 자꾸 켕기는지
어둠의 끈이 느슨하다

국자

퍼주고
또 퍼줘도
헛배만
불러오는

눈이
퀭한
모래바람 속
내 아이가

허리가
접혀진 채로
바람벽에
걸려 있다

다후다 이불

1

2차선 국도변 민무늬 다후다 이불
장롱이며 냉장고 이삿짐 보듬고 와

순순히 자리 내어주고
비탈 한 뼘 덮고 있다

저 남루 끌어다가 한 잠 푹 자고 싶다
누벼온 생의 이력 비록 한줄 뿐이라도

누군가 성긴 잠들을
꼭꼭 다져 꾸려왔을,

2

수척한 가로등이 제 발등만 찍는 저녁
도시의 칼바람을 맨몸으로 맞고 있는

뜯겨진 저 실밥들의
무료배식 긴 행렬

옷

1

문득 뒤돌아보니 누가 거기 걸려있다
복사된 몸을 입고 두 손을 늘어뜨린 채
방석을 들이 밀면서 손을 내미는 벽

휘적휘적 밤길 걷던 파도소리 들리고
골목어귀 쓸쓸함도 뒷모습에 배어 있다
쉴 곳이 거기라는 듯 단호하고 숙연하다

2

뒤척이는 나 때문에 실밥이 터졌구나
우는 나를 달래느라 색을 버렸구나
옷이여, 나는 언제 너처럼 편하게 낡아갈까

구제역

너그들을 묻고도 내는 사람이라
꾸역꾸역 찬물에 밥을 말아 먹는다

막사 앞
질펀한 허공
눈발이 오지다

어미 젖에 코 박은 눈도 못 뜬 어린 것
산밭에 묻은 기억 여즉도 삼삼한데

목구멍
젖은 밥알이
콕 콕
쑤신다

탐라 산수국

네 거처를 찾아가는 나는 파랑나비

무심을 되새김 하는 소잔등에 얹힌 나비

안개는 분화구에서 전설처럼 피어오르고

네 들숨 내 날숨으로 하늘 그물 엮어서

목동아, 우리 지극한 사랑이 될 양이면

저기 저 쏟아 놓은 별 지금 막 승천 중이니

우포, 안리에서

잠이 덜 깬 길 위로 서리가 살풋하다

바람의 착시처럼 지워진 뭍의 경계

가시연 입적한 자리가 상처 난 발등 같다

사무친 마음 따윈 상관없이 흘러가는

늘 그렇듯 반짝이던 수면을 박차고

칩거한 마을을 등지며 추방되는 기러기들

끌고 온 날들이 슬리퍼처럼 헐렁하다

뜬 눈으로 지새운 햇살을 등에 업고

바람이 조심스럽게 서릿발을 지우고 있다

맨홀

구둣발로 꽉 밟고 지나가도 끄떡없습니다
세상의 구정물은 내가 다 뒤집어쓰지요
제 숨통 틀어막고 사는 일
그거 별거 아닙니다

가끔은 토사곽란으로 뻥 터지기도 하지요
헛된 욕망 끌어안고 사는 게 제 일이라
가슴엔 돌덩이들이
암초처럼 자랍니다

상처가 진무를수록 흉터는 크게 남지요
저마다 그런 이면을 커텐으로 가리울 뿐
밑빠진 우물을 메워
사리하나 키웁니다

한쪽 문 닫아걸면 한쪽 문 열어놓듯
바다로 흐르고 흘러 섞이는 그 한 때를
내 생애 꼭 한 번 꽃피는 일
뒤를 보는 일입니다

개들의 시간

나를 깨우는 건 늙고 목쉰 회화나무

머리푼 잡귀들이 목줄을 잡아당긴다

악몽에 시달라면서 목청을 소진하면서

그렇게 지켜냈다고 다시 살아났다고

맹목의 순정을 위해 꼬리 저리 흔드는

꿈에서 나를 깨우는 건 내가 잃어버린 나

어린왕자

카우보이 모자를 쓰면 그는 말이 된다
종일 박차를 가해 푸른 사막을 달려와
빛나는 갈기를 접어 침대 모서리에 걸어둔다

자작나무 숲속에선 밤새 소 울음 소리
가끔 주먹 쥔 손이 바르르 떨리곤 한다
바람이 어루만지는 그 남자의 등고선

후끈한 발소리와 꿈을 몰고 떠나간
불쑥 꽃을 피우는 침대가 축축하다
정박도 정착도 못하는 생이 또 그렇다

개와 늑대의 시간

만평 신의 정원에 새 둥지를 앉힌다
나무와 새들이 눈치를 살피는 동안
거미도 솥단지 들고 와
그물을 걸어놓고

베어내도 피 흘리며 손을 뻗어오는
질긴 풀 외마디에 마음이 움츠러들고
너에게 스미는 일이 서툰
낫질처럼 아슬하다

꽃 피고 꽃 지는 일로 위안을 삼아보는
생애의 저녁이 와 어둠이 안식할 때
바람이 으르렁거리며
영혼을 읽고 간다

류마치스

막무가내 쳐들어와

빌붙어 살겠다고

본처를 내어쫓고

안방에 들어앉아

자책의

둔기를 휘두르는

이카로스의

날개여

해설

침묵이라는 말의 매듭

침묵이라는 말의 매듭

신상조(문학평론가)

시조가 가진 정형미학이란 수사에는 형식적 고전미라는 기준 외에도 예쁘고 단아하다는 뉘앙스가 곧잘 따라붙는다. 정형성에서 오는 한계를 핑계로 하는 자기만족적 서정성 역시 저러한 틀에서 그리 비껴서지는 않을 것이다. 이는 물론 고전시가의 차원에서 한 치도 벗어나지 못한 시조 전반에 대한 오해에서 비롯한다. 현실적 경험을 전달함으로써 집단적이고도 보편적인 정서에 능한 시조가 미문주의美文主義적 태도로서 언어의 조탁에만 힘을 쏟는다거나, 사물에 대한 감흥과 내면에서 일어나는 감정에 오롯이 치중할 따름인 음풍농월이라는 말은 분명 시대착오적이다. 그렇더라도 앞서와 같은 구태의연한 시조 이해에는 삶의 밑바닥을 치는 냉혹하고 절박한 현실, 추하고 복잡한 내면의 부정성이 들어설 여지가 없다. 일괄 적용할

바는 아니지만, 문학이 미학적 차원이기 이전에 사람들이 살아가는 문제를 다룬다는 점을 감안할 때, 그것은 현대시조가 삶의 다양성을 외면하고 실천적(윤리적)인 실행을 방기하는 결과를 낳는다.

반면, 가장 내밀한 것이 가장 외부적인 것과 접속할 수 있다는 데서 문학은 진정 문학다워진다. 당대의 결핍과 불안을 전면화하면서 시도하는 심리적 표출, 즉 현실로서의 위태로운 외부를 화자의 내면 공간 안으로 끌어들이는 일은 개인의 일상을 빌미로 사회의 어두운 이면을 형상화하는 동시에, 현실의 모순과 억압을 구체적으로 비판하고 대항하는 방식이다. 그러한 맥락에서 가난하고 궁핍한 자들의 생존기반을 직시함으로써 암울한 현실을 그려내는 손영희의 시조는 소박하고 따스한 일상의 풍경과는 차이를 지닌다. 보잘것없고 빈궁한 자들의 모진 삶에서 촉발되는 그의 언어에는 비참과 절망이 내재해 있다. 그 '고통과 비애의 서정화'라는 대목에서부터 『다후다 이불』에 관한 이야기를 시작해야겠다.

가난에 대한 감수성과 유대의식

1

2차선 국도변 민무늬 다후다 이불

장롱이며 냉장고 이삿짐 보듬고 와

순순히 자리 내어주고
비탈 한 뼘 덮고 있다

저 남루 끌어다가 한 잠 푹 자고 싶다
누벼온 생의 이력 비록 한줄 뿐이라도

누군가 성긴 잠들을
꼭꼭 다져 꾸려왔을,

2
수척한 가로등이 제 발등만 찍는 저녁
도시의 칼바람을 맨몸으로 맞고 있는

뜯겨진 저 실밥들의
무료배식 긴 행렬

—「다후다 이불」 전문

집 안에 자리 잡고 있을 때와는 달리, 아무리 고가의 가구나 가전제품이라도 이삿짐센터 트럭에 실린 살림살이들은 이상하게 초라해 보인다. 더군다나 "2차선 국도변"에 부려놓은 "장롱이며 냉장고" 등의 "이삿짐"은 대형트럭의 컨테이너박스에 바리바리 실려 왔다고 믿을 만큼 번다해 보이기는커녕 "남루"한

모양새로 "도시의 칼바람을 맨몸으로 맞고 있다." 흙먼지 이는 길가에 내동댕이치듯 부려진 이삿짐은 그 주인들의 현재 상황이나 실상을 빗대는 사물이려니와, "수척한 가로등이 제 발등만 찍는다"는 표현이 함의한 인생사는 무엇일까? '발등을 찍다'란 남에게 해를 끼치거나 일을 그르친다는 사전적 의미를 갖는다. '제 발등을 찍'다는 걸로 봐서 이삿짐 주인들의 사연은 그나마 가지고 있던 목돈이나 기회를 날려버린, 초라한 군상들이 맛보기 십상인 어떤 '실패' 떠올리게 만든다.

이들의 형편이 원래도 어떠했는지를 단적으로 보여주는 사물은 "민무늬 다후다 이불"이다. 고급형 침구와 거리가 먼 '다후다 이불'은 면이나 실크가 아닌 나일론 소재로 만든다. 가겟방에서 숙직을 하는 인물이 "꾀죄죄한 다후다 이불에 몸을 휘감고 나면 방바닥이야 차건 더웁건 잠이 쏟아진다."(박완서, 「자전거 도둑」)라고 서술되는 데서도 드러나다시피, 형편이 궁색한 이의 고단한 잠을 덮어주기에 적당한 이불인 것이다. 그럴망정 작품 속의 다후다 이불은 "누벼온 생의 이력 비록 한줄 뿐"인 삶일지라도 그 "성긴 잠들을 / 꼭꼭 다져 꾸려왔다." 그런데 이젠 그나마 누릴 수 있었던 편안함과 즐거움도 이들에겐 사치다. "저 남루 끌어다가 한 잠 푹 자고 싶다"는 소망에는 발 뻗고 누울 "한 뼘"의 지붕 밑 공간조차 갖지 못한 자들의 막막한 서러움이 배어있다. 게다가 "무료배식 긴 행렬" 속에 선 이 가족은 장차 '뿔뿔이 흩어질' 가능성이 크다. "뜯겨진 저 실밥들"로 유추해보는 미래가 결코 희망적이지 않아서이다.

“제 발등만 찍는”이나 “뜯겨진 저 실밥들”에서 확인되듯이, 「다후다 이불」은 어휘 하나하나가 단순한 수사로 그치거나 허투루 사용되는 법이 없다. 텍스트를 직조하는 각각의 어휘는 ‘몰락한 가족’의 처지를 선명하게 이미지화하면서 인물들의 성격이나 그들의 현재와 과거에 대한 서사를 촘촘히 구성한다. “이삿짐 보듬고 와 / 순순히 자리 내어주고 // 비탈 한 뼘 덮고 있다”는 표현에서 사용된 ‘보듬다’와 ‘순순히’에서는 그악스럽거나 영악하지 못한 인물들의 소박하면서도 유순한 성품이 엿보인다. “누벼온 생의 이력 비록 한줄 뿐”이라는 진술로 짐작건대, 그동안 가장은 자신의 업을 적어도 천직처럼 여겼으리라. 요행을 노리거나 요령을 부리는 따위와는 상관없었을 그이지만, 요즘 같은 세상에 우직함만큼 무능한 노릇도 없다. 가장의 실패 혹은 실직으로 삶의 터전을 잃고 헤매는 이들을 바라보며 “저 남루 끌어다가 한 잠 푹 자고 싶다”는 화자의 바람이, 대상과 멀찍이 떨어져 앉은 이로서의 동정심 깃든 감정이입은 아닐 터이다. 거기에는 하룻밤의 단잠도 허락되지 않은 인물들의 절박한 처지와 불안한 미래를 감지하는 시인의 고통스런 상념이 담겨 있다.

“도시의 칼바람”이 화자의 주관적 감정이 개입하지 않은 자연 자체에 대한 즉물적 묘사가 아니라 쳐도, 시적 대상들이 온몸과 마음으로 받아내는 한기寒氣의 맹렬함은 극심하다. 육체적이고 정신적인 추위 속에서 배를 곯아야만 하는, 기초적인 생계조차 속수무책인 가족들은 도시 빈민이자 일종의 유민流

民이 되어버린 이들의 초상이다. '노동이야말로 불안을 없애준다'고 했던 하이데거의 '노동'은 얼마나 기가 막힌 여유인가. 시인은 가난도 슬픔도 사랑으로 이겨낸다는 식의 '휴먼스토리'로 아름다운 결말을 약속하지 않는다. 다만 저 싸구려 나일론 소재의 '민무늬 다후다 이불'이 부려진 2차선 국도변의 한 현장과, "무료배식 긴 행렬"에 묻혀서 고개 숙인 어느 일가족을 우리 앞에 묵묵히 끌어다놓는다. 이들의 삶이 '극복' 쪽으로 기울기를 바라는 마음은 궁극적으로 그렇게 믿어야만 편해지는 우리들의 안간힘이다. 누구든 언젠가 저렇게 자본주의적 현실에서 도태될 수 있고, 아니 지금도 그런 일이 벌어지고 있다는 것을 우리가 알기 때문이다.

생애의 한동안을 박음질로 보냈다

한숨과 서러움을 포개어 박다보면

장딴지 시린 근육에 이력이 붙곤 했다

피댓줄에 감긴 생이 어디 너 뿐이랴

220볼트 전류가 끓여주던 뜨거운 밥

골방에 녹슨 모터미싱

내 정신의 스파크여

—「밥」 전문

'밥'이라는 발음은 묘하게 거칠고 단정적이다. 'ㅂ'과 'ㅏ' 음운 다음을 황급히 잇는 자음 받침 'ㅂ'이 무언가를 더 말하고 싶은 혓바닥을 가둬버린 채, 화자의 입을 사정없이 다물게 만들어 버린다. 마치 생사성식生死性食 중에서도 '밥'으로 제유되는 '식'과 관련한 생존의 문제 외에는 모두가 가짜고 엄살이라는 듯, '밥'이라는 음절은 발화한 사람의 입모양 그 자체로 거두절미의 속내를 숨기지 않는다.

마찬가지 태도로, 손영희 시인의 「밥」 역시 한 사람의 생을 저울질 할 때 '밥'이 그의 인생을 통째 올려놓을 정도로 살아가는데 중요한 '조건'임을 밝히고 있다. 소유하려고 갈망하는 존재적 삶의 방식을 지양하는 오늘날, 작품에서 이야기하는 '밥'이 그러한 차원의 소유나 욕망과는 사뭇 거리가 멂은 분명하다. 여기서의 '밥'은 어느 미싱사의 삶 전체라고 일컬을만한 '목숨'과 등가를 이루고, "박음질"이란 호구지책을 통해 하루하루 살아가기 급급했던 미싱사의 생은 '잉여소득'으로 굴러가는 자본주의 시스템의 허점, 성실하면 성실할수록 가난해지는 '자본주의의 역설'을 고스란히 노출한다.

「밥」을 읽어가노라면 손영희 시조의 특장이 음가의 활용에 뛰어나다는 점을 발견할 수 있다. 필자가 임의로 짙게 표시한 어휘나 어절들에서 드러나듯, 줄달음치듯이 이어지는 파열음(ㄱ, ㄷ, ㅂ, ㅍ, ㄲ, ㄸ)이 가지는 효과는, 흡사 드르륵 드르륵 땀을 박아나가는 박음질의 연속된 소리처럼 다급하고도 역동적이다. 뿐만 아니라 '근육이 오른 장딴지와 피댓줄'은 그 딱딱하고 거친 음가에 힘입어 굴레에 매여 힘쓰는 마소의 이미지를 불러온다. 결과적으로 텍스트 전체에 산포된 센소리의 음운들은 미싱사의 고되고 기계적인 작업을 연상케 하고, 급기야 종장에 이르러 '스파크'라는 거센소리와 만나면서 거칠고 힘겨운 한숨을 토해낸다. "내 정신의 스파크여"라고 화자는 외친다. '모터미싱'은 화자의 생계를 책임지던("뜨거운 밥을 끓여주던") 밥줄이었고, "골방에 녹슨 모터미싱"은 그가 저러한 노동으로부터 간신히 놓여났음을 알리는 메타포다. 따라서 모터미싱을 볼 때마다 머릿속에 전기합선이라도 일어나듯 충격("스파크")이 온다는 것은 양가적으로 해석된다. 어려운 시절을 상기하면서 흐트러진 마음을 다진다는 뜻으로도 읽히고, 먹고 사는 일이 정신의 영역인 '가치'를 결정해왔음에 대한 반성으로도 여겨진다. 그 모든 걸 떠나, '내 정신의 스파크여!'가 자본주의적 구조에 포획되어 살아가는, 그러나 정작 자본으로부터 철저히 소외된 자들이 내지르는 단말마의 비명으로까지 들린다. 삶이 실패하는 곳에는 원인이 존재하고, '넘침'이나 '부족함'의 차원으로 설명할 수 없는 불행한 사람들은 늘 우리와 함께 살아간다. 우리가 그들의 "한숨과 서러움"을 성찰하거나 이해하려 노력하지 않을 뿐이다. 그런 우리들을 향해 문학은 자본주의적 삶의 위기를 소리 높여 말하기보다, 그 난감한 실상을 들이밀듯 들여다보게끔 한다. 자본주의적 현실의 비정함을 인식할 때, 타자들을 향한 인간적 유대감은 자연스럽게 발생한다. 말하자면 그 간곡함이 손영희 시조의 실천(윤리)이다.

주체, 그 부정과 저항의 에피파니

부정이라는 형태를 주체성의 출현과 연결시켜 사고하는 프로이트의 논문 「부정」(1925)에는 어떤 환자가 분석가에게 한 다음과 같은 말이 나온다. "당신은 꿈속에 등장하는 이 사람이 누구냐고 묻습니다. 그 사람은 나의 어머니가 아닙니다." 라깡은 '아닙니다'에 방점이 찍히는 이 대화를 통해 환자가 억압한 대상은 아니라고 부정하는 바로 그 '어머니'고, 그에게 억압된 이미지나 생각의 내용이 스스로 '부정'함으로써 비로소 증명된다는 프로이트의 추론을 이어나간다. "부정은 억압된 것을 인정하는 방식이다" 하지만 억압한다고 해서 "억압의 과정 그 자체가 제거되는 것은 아니다"라는 프로이트의 의견은, 주체의 형성이 '좋은 것의 흡수'와 '나쁜 것을 축출'하는 변증법적 과정에 있음을 나타낸다는 것이 라깡의 주장이다(라깡, 『라깡, 사유의 모험』, 2010).

저러한 정신분석이 열어놓은 담론을 출발점으로 손영희 시인의 시조를 이야기하자면, '부정'은 주체의 실재적인 모습을 암시하거나 드러내는 일종의 기호요 과정이다. 주체는 생환의

논리에 따라 되돌아온 어떤 것이 '상실된 과거의 흔적'으로 현현되고, 그러한 흔적을 부정함으로써 존재한다.

1
파고, 또 파도 채워지지 않는 허기
포위망 좁혀오는 산 그림자에 길 잃는다
위험은 총 가진 자의 눈빛에서 살아나고,

외롭다 말하는 법을 알지 못했을 뿐
낙타처럼 우아하게 걷는 법을 몰랐을 뿐
전류가 흐르는 철책, 덫은 치욕이다

2
기억도 가물거리는 고구마밭 여기던가
시간을 되물림하는 짐승으로 분류된 자
머리로 들이받을 때 그건 고독의 영역

—「흔적-멧돼지」 전문

인용한 시조는 멧돼지의 출몰을 다루고 있다. 개체 수가 급격히 불어나 떼로 몰려다니며 농작물을 파헤치고 인명에까지 위협을 가하는 탓에, 멧돼지를 잡으면 정부에서 '유해조수 지원금'으로 마리 당 얼마의 돈을 줄 정도로 성가신 놈들이 멧돼지다. 사냥하는 사람들의 말에 의하면, 멧돼지 사냥은 혼자 가지 않는다. 총 가진 사람 다섯 명에, 사냥개를 부리는 사람과 사냥개 두세 마리가 보통 한 조를 이룬다. 사냥꾼들은 이를 '작전'이라 부른다. 산돼지라고도 불리는 이 짐승은 덩치가 큰놈일 경우, 설령 급소에 총을 맞는다하더라도 단번에 숨이 끊어지지 않고 사람에게 덤벼든다고 한다. 사냥꾼의 총이 최소한 5연발은 되어야 하는 이유가 거기에 있다. 멧돼지 사냥은 사냥하는 자나 사냥 당하는 짐승이나 양쪽 다 목숨이 걸린 일이다. "포위망 좁혀오는 산 그림자에 길 잃는다 / 위험은 총 가진 자의 눈빛에서 살아나고"란 대목이 리얼한 효과를 노리는 과장이 아닌 것이다.

이 시조가 단순히 사냥꾼에게 쫓기는 멧돼지의 비참함을 그리고 말았다면, 그것은 '산'에 주거공간을 마련한 시인의 이색적 경험을 환기하는데 그쳤으리라. 그런데 작품의 이미지는 대상을 실감나게 재현하거나 쫓고 쫓기는 장면을 묘사하는데 별다른 기능을 하지 않는다. 서서히 좁혀 들어오는 사냥꾼들의 포위망 속에 놓인 멧돼지를 상상하며 독자가 마땅히 떠올릴만한 심상, 즉 시각·청각·후각·촉각·근육감각(근육의 긴장과 이완)·신체기능감각(심장고동, 맥박, 호흡, 소화……) 등에 호응되는 이미지는 겨우 '위험은 총 가진 자의 눈빛' 정도에나 희미하게 감지된다. '외로움' '우아함' '치욕' '고독'이라는 묵직한 관념어들은 절명의 위기에 놓였다고는 해도 짐승과 어울리기란 아무래도 어색하다. 거기다 "외롭다 말하는 법을 알지 못했을 뿐/

낙타처럼 우아하게 걷는 법을 몰랐을 뿐"이라는 변명은 짐승이나 짐승이 느끼는 허기와 아무런 상관이 없다.

멧돼지에 대한 묘사로 일관하던 시조는 두 번째 수에 이르러 "기억도 가물거리는 고구마밭 여기던가 / 시간을 되물림하는 짐승으로 분류된 자"라며, 예전 경험을 까맣게 잊고 위험한 자리를 다시 찾아든 미련한 짐승에 '고독한' 한 인간의 형상을 돌연히 겹쳐놓는다. 이때, 제 발로 사지死地를 찾아든 짐승은 기억의 "흔적"에서 놓여나지 못한, 막다른 골목에 몰린 자처럼 "머리를 들이받"는 비의적이고도 의인화된 존재로 비약한다. 나아가 은유로 사용된 철책과 덫은 '치욕'이라는 동질성과 '고독'이라는 이질성을 아우르면서 참혹한 정서적 효과를 자아낸다. 그는 고독해서 괴로운 게 아니라, 잊지 못해서 고독하다. 시인은 어지러운 멧돼지의 발자국 위로 망각에 실패한 주체의 헤맨 궤적들을 흩어놓는다. "전류가 흐르는 철책"처럼 진저리쳐지거나 "덫"처럼 "치욕"적인 그의 기억을 우리는 알지 못한다. 그렇더라도 그 불안한 발자국을 따라가며 우리가 발견하는 것은 처절하리만치 고독한 주체의 내면이다.

벌서듯 흰 눈 이고 휘청대는 숲이 있다

바람이 아홉 개의 꼬리를 감추느라*

댓잎에 희번덕거리는 제 몸피를 들키고 만다

무엇이 꿈틀대는지 한 뭉텅이 사념을 쏟는

햇살 미끄러지는 얼음 한쪽 금이 가고

그곳이 마음자리인 듯 퍽 하고 떡메를 치는

—「입춘」 전문

근대를 지나오면서 문학에서의 '풍경'은 유동적이고 비규칙적인 현대사회의 다양한 양상이기에 앞서, '내적 인간'에 의해 발견된 인식의 틀이었다. 그런 맥락에서, 대상 자체의 즉물성이나 현상 그대로를 담아내려는 묘사와 재현은 작가의 주관이 투영되거나, 반대로 타자화된 시선의 내면화로 전락할 가능성이 높다. 그렇다고 해서 자극을 받아들이고 저장하고 인출하는 일련의 정신 과정 속에서 화자의 정서나 심리를 드러내는 객관적 상관물로서의 풍경('외적 대상')이 발화 주체의 정서와 심리를 곧이곧대로 반영한다고 믿기도 어렵다. 보다시피 풍경으로 숨어든 화자의 내면은 "감추느라" 오히려 "들키"고, 행간의 문맥 속에서 부재의 형태로 연출된다.

「입춘」 또한 화자의 시선에 비친 풍경의 상은 개인의 자화상이기도 한 그의 내면을 또렷이 되비치기보다, "한 쪽 금이 가" 버린 얼음이 "퍽하고 떡메를 치"듯 파열하는 소실점으로 우리를 안내한다. 그 과정에서 풍경을 비추는 프레임은 단일하지 않다. '숲'과 '댓잎'과 '얼음' 위로 차례차례 미끄러지는 시선이

고통("벌서듯…휘청대는"), 숨김("꼬리를 감추느라"), 노출("제 몸피를 들키고 만다"), 갈등("무엇이 꿈틀대는지 한 뭉텅이 사념을 쏟는"), 균열("얼음 한쪽 금이 가고")의 혼란상으로 어지럽다. 이처럼 원경에서 근경으로 묘사되는 자연이 아늑하지 않음은, 평온함이나 충만함과는 거리가 먼 화자의 내면 탓이다. 서술어 '휘청대다' '감추다' '희번덕거리다' '들키다' '꿈틀대다' '쏟다' '미끄러지다'로 표현되는 물활론적인 자연은 현실의 풍경이 아니라 시인의 마음이 그려낸 불온한 풍경이다. 시인을 둘러싼 세계의 물상은 그의 복잡한 내면을 감추지 못한 채, 금방이라도 무언가를 다 토해낼 듯 위태롭게 흔들린다.

하지만 제각각의 선율에 차례차례 시달리던 정념은 극단적이고도 총체적인 부정("그곳이 마음자리인 듯 퍽 하고 떡메를 치는")으로 한순간 귀결되어 버린다. 면도날처럼 날카로운 시선으로 결빙의 균열을 주시하고 그것의 파열을 포착하는 상상력의 이면에는, 자신의 내적 상태를 내파하려는 화자의 대응 의지가 잠재해있다. 다시 말해 자연에 빗대어진 '고통'과 '숨김', 그리고 '갈등'과 '균열'은 자신의 혼란한 내부를 가늠하고 그것을 부정하려는 자아의 시도에 다름 아니다. 불안하고 위태로운 감성은 화자의 내부에서 반란을 일으키지만, 이 자아의 상은 미세한 균열을 향해 줄달음치다가 '퍽, 하고' 거칠게 봉합되어 버린다. 균열을 일으키는 결빙이 자아의 내부적 공간이라면 내려쳐지는 '메'는 의식적 강제고, 그렇기에 파열은 부정(否定)으로 부정(不淨)을 극복하는 방식이다. 시인은 금이 간 "마음자리"에 "떡메를 치"듯 단호하게 자신 몫의 아픔을 해결하거나 외면해왔는지도 모르겠다. 아픔에 투항하지 않은 내면에 역설적이게도 편안함은 없다. 해서 작품은 '입춘'을 바라봄에도 차고 서늘한 음영으로 가득하다.

1
저물녘 붉은 해가 제 숨결에 집중한다
어긋난 문틈으로 부고를 기별하듯
단번에 눈을 찌르고 서산을 넘어갔다

(…중략…)

2
독한 문장하나가 벼락을 치며 오듯
제 허물로 제 존재를 드러내며 오듯
죄 없는 신발 하나가 둥둥 떠내려 오듯

—「지독한 안부」 부분

환절기면 귀찮은 감기가 찾아오듯, 시인은 봄마다 어김없이 마음의 병을 앓는다. 앞서의 「입춘」이 그러했고, 「4월, 진해」에서도 그는 "대문 밖 상춘의 계절이 / 치매 앓는 노모 같습니다 // 꼭 이맘때 명치끝에서 울컥, 치밀어오는 / 오래된 지병이 제 처소를 떠날 줄 모른다"라며, 봄이 말 그대로 마음을 다치게傷

한다고 고백한다. '찬란한 슬픔'이라는 역설이 그에게는 클리셰나 수사가 아니라 구체적 현실이다.

형용 못할 만큼 아름답거나 장엄한 광경 앞에서 눈물을 쏟기란 흔한 일이다. 벅차도록 기쁜 순간에 오히려 눈물이 나오는 현상은, 지극히 상반된 감정을 발현함으로써 마음의 평정을 유지하려는 대위법적 본능이다. 가령 현실의 기쁨이 과거의 슬픔을 환기시키거나 도래할 상실을 예감케 만든다. 그러니 '꽃 보면 눈물 난다'는 식의 서정적 고백에는 개화가 낙화의 시작임을 인식한 자의 소멸에 대한 비애감이 서려있으리라. 누구라도 감각적인 직관의 힘으로 세계를 예민하게 느끼는 자라면, 그렇듯 계절에 실리는 자신의 감정과 마주하게 되는 것이다. 아니면 '내'가 보는 이 꽃을 '너'는 보지 못한다는 데서 오는 안타까움의 발로일 수도 있다. 불교 용어 '대자대비大慈大悲'는 상대에 대한 지극히 큰 슬픔이야말로 지극히 큰 사랑이라고 역설하지 않던가. 시인은 그와 같은 경험 속에서 일련의 초언어적인 체험을 두고 영혼이 다친다고 이야기한다.

요컨대 인용 시의 "독한 문장하나가 벼락을 치며 오듯" 한다는 표현은, 미처 사유할 겨를도 없이 몰아치는 강도 높은 강렬한 감각의 흐름이 무의식적 언어로 발산되는 과정을 일컫는다. 그것은 "아직 말로 풀려나지 않은 말의 소질"(황현산), 주체이면서 주체 이상의 어떤 것이 간여하는 '내적 체험'이다. 문제는 손영희 시조에서 이성으로 수렴되지 않는 이 '낯선 언어'가 가학적인 죽음의 이미지로 나타나고, 그러한 이미지는 한순간 삶과 존재의 '에피파니epiphany'로 드러난다는 사실이다. 동굴 같은 어두운 심연, 그 어둡고 알 수 없는 카오스의 세계로부터 넘어오는 표상은 '어긋난 문틈으로 들이밀어지는 부고', 혹은 '둥둥 떠내려 오는 익사한 자의 신발'이다. "찔레꽃 푸른 5월이 종알대던 담 너머, 얼굴에 부스럼 난 그 아이는 숨어서 / 고샅을 돌아나가는 꽃상여 귀로 쫓고, // 아버지 키우시던 허기진 꽃 이름들 해바라기 물봉선 키가 작은 채송화 / 저 홀로 입술 파래져 무당기 도지는,"(「뜰」 전문)라고 노래하는 저 아름다운 외형률의 작품에서조차 5월에서 연상되는 화자의 내적 이미지가 하필이면 '꽃상여'다. 시에서 이미지는 상상적 결과물이자, 정서와 의미를 효과적으로 전달하려는 시인 심리의 육화다. 생명의 충만함이나 마음의 평화를 모르는 이 이미지들은 '단번에 눈을 찌르고' '제 허물로 제 존재를 드러낸다'고 진술될 만큼 가학적인 폭력성을 동반한다. 그것들은 '상실된 과거의 흔적'이자, 세계와 동일시된 이성적 자아가 끝끝내 은폐할 수 없는 '자각 밖에 존재하는 심연'으로 출현한다.

지금까지 인용한 일련의 작품들을 토대로, 그러나 비선형적 주체를 선형적으로 진단해야만 하는 잘못을 무릅쓴다면, 부정함으로써 드러나는 '불안과 고독(「흔적 - 멧돼지」)', '균열과 저항(「입춘」)', 그리고 의식의 경계에서 솟아오르는 '카오스적 표상(「지독한 안부」)'의 변증법 위에서 주체는 생성하거나 소멸한다. 부정의 부정으로 드러나는 주체이기에, 견자의 눈으로 사물을 응시하거나 그다지 희망을 품은 것으로 보이지 않는 불안하고 파괴적인 성격의 작품 미학은 불가피하다. 결국 손영희의 시조에서 주체란, 부정과 저항의 노력 끝에 "벼락"처럼 드러나는 한순간의 참혹한 에피파니다.

리듬과 말의 미학적 위반

"관념으로 쓰는 게 아니라, 낱말로 쓰는 것"이란 말라르메의 지적처럼, 시는 다른 어떤 예술 장르보다 낱말이 내포한 다의적 울림과 낱말의 배치에 따른 리듬에 민감할 수밖에 없다. 그중에서도 짧고 간결한 언어의 활용과 음보율이라는 외재적 형식을 존중하는 시조는 리듬에 민감한 매우 감각적인 예술 형식이다. 모국어에 들어 있는 리듬의 숨겨진 질서가 극단화된 형태로 드러난 게 정형시고, 정형시의 특징은 바로 그 '음악적 질서'를 엄격하게 지키는 데 있다. 그렇더라도 시조의 '율격'과 '엄격하다'는 표현 사이에는 형용모순이 존재한다. 봄·여름·가을·겨울로 순환하고 재생하는 사계절의 절기나, 무한히 반복하는 밀물과 썰물, 가까이는 현재 뛰고 있는 '내' 심장의 박동에 이르기까지 인간을 포함한 세계의 감각은 율격에 자연스럽고도 밀접하게 닿아있기 때문이다. 다시 말해 시조의 아름다움은 생래적이고 모국어적인 음조의 조화가 일정한 형식으로 굳어지고, 그 형식을 토대로 심화하거나 확장하는 리듬에서 일차적으로 발생한다.

그러나 손영희 시조의 현대성은 '현대시조'라는 용어가 가지고 있는 정형성에 대한 기대를 종종 탈피한다. 3·4조의 기본 격을 깨트리는, 파격이라고밖에 할 수 없는 다음의 작품을 살펴보자. 작품 아래의 숫자는 전구와 후구를 구분하기 편리하도록 필자가 임으로 붙인 것이다.

불을 당긴다는 말,
2(6)　　5(1)

너를 당긴다는 말
2(6)　　5(1)

확, 가슴으로 번져
1　　　6

발목 잡힌다는 말
2(6)　　5(1)

목숨이
　3

목숨을 바꿔
　　5

한 줌 재로 남는다는 말

4 5

—「성냥」 전문

'성냥'이라는 사물의 속성을 사랑의 속성으로 치환해놓은 이 시조는 별다른 해석을 필요로 하지 않는다. '성냥-불'의 상징적 형태로 구성되는 사랑의 열기는, 셰익스피어의 극 중에서도 가장 강렬한 연애비극의 주인공들인 로미오와 줄리엣처럼 서로의 목숨을 맞바꿀 정도로 정열적이란 게 전부다. 어떤 사랑은 회의하거나 주저할 줄을 모른다. 그런 사랑은 '죽음("한 줌 재로 남는다")'으로 차라리 완성된다.

시인은 '불이 그어진 성냥'의 물질성을 닮은 뜨겁고 맹목적인 사랑의 속성을 강조하기 위해 기꺼이 시조 고유의 정형성을 파괴한다. 예컨대 초장 전체와 중장의 전구에서 사용된 2/5음절의 아슬아슬함을 넘어, 중장 전구의 "확,"이라는 1음절이 리듬의 흐름을 아예 차단한다. 이 부분에서 자수 3·3이나 3·4에 익숙한 정형적 리듬은 단절되다 못해 숨이 턱, 하고 멎을 정도로 호흡의 과부하를 불러일으킨다. '1/6음절'의 조합은 시조의 전형적인 음수율을 고려할 때 음절의 비율이 과도하게 불균형하다는 지적을 면할 수 없는 것이다. 보기에 따라 시조의 정형적 율을 고려하지 않은 채 의미 단위로 말을 묶는다면, 초장 전체와 중장의 후구 역시 2/5음절의 배열로 읽지 않고 '말'을 한 음보로 놓는 6/1음절의 파격도 얼마든지 가능하다. 뿐만 아니라 '말'이란 명사로 문장을 반복해서 마무리하는 방식은 「지독한 안부」에서 보여주었던 '어미활용'의 예처럼 '말 줄임'의 효과를 가져 온다. 그것은 '-다'나 '-까' 등의 서술형 종결어미를 사용함으로써 의미의 '완결'을 지향하는 시조 일반의 속성을 명백히 위반하는 것이기도 하다.

반면 '말'이란 어휘와 부사 '확,'을 강조하기 위한 1음절의 파격이 없었다면 존재론적 숙명에 휩싸여 타오르는 사랑의 성질은 분명 반감되었을 터이다. 게다가 이 고양된 사랑의 진실이 '말한다'고 과연 온전히 말해질 수 있을까? '설명하거나 표상할 수 없는 말', '말 너머의 말'을 열어놓기 위해 시인은 자수 배열의 불균형을 과감하게 시도하고, 명사로 끝나는 문장을 반복했던 건 아닐까? 주지하다시피 시에서 반복은 리듬을 낳거나 주제의식을 반영하는 대표적 방식이다. 그 중에서도 '말 줄임'을 반복함으로써 문장이 끝나는 지점에 침묵과도 같은 모종의 정서를 남기는 방식은 손영희 시조의 특징 중 하나다. 앞서 인용한 「지독한 안부」를 환기하자면, '2'에서 그는 서술어의 어미를 '듯이'의 형태로 일관되게 반복함으로써 문장을 종결짓지 않은 채, 말한 바 그 의미를 초과하는 말 줄임을 구사한다.

다음으로 눈여겨 볼 「증도에서-소금 박물관」 역시 서술어 대신 명사로 종결짓는 방식을 반복함으로써 의미와 감정의 여운을 남기는 데 성공한 작품이다.

나를 불러들인 건 짜디짠 생의 비의와

꿈속에 아삭거리던 소금꽃 피는 소리

다리를 막 건너서자 환영처럼 눈이 내린다

갯벌을 이고오신 어머니 눈 터는 소리

길이 끊긴 바닷가 벼랑으로 몰리고

남겨진 소금창고에 서러운 듯 쌓이는 눈

—「증도에서-소금 박물관」 전문

이 시조는 의미로 구분했을 때 네 개의 문장으로 되어 있다. '나를 불러들인 건 짜디짠 생의 비의와 꿈속에 아삭거리던 소금꽃 피는 소리이다'가 한 문장이고 '다리를 막 건너서자 환영처럼 눈이 내린다'와 '갯벌을 이고오신 어머니 눈 터는 소리가 길이 끊긴 바닷가 벼랑으로 몰린다', 그리고 '남겨진 소금창고에 서러운 듯 눈이 쌓인다'가 각각 한 문장을 이룬다. 여기서 화자는 자신의 심정을 진술할 수 없다는 듯 매번 이미지만 제시하고 마는데, 그 생략의 형식이 남기는 여운이 길고 애틋하다.

무엇보다 작품의 심층적 리듬은 한 이미지가 다른 한 이미지로 이어지는 환유적 방식에서 기인한다. 초장의 '소금 꽃'이 환기하는 백색의 이미지와 "아삭거리는 소리"가 중장의 '내리는 눈'과 "눈 터는 소리"를, 그 '눈雪'의 이미지는 다시 소금창고에 쌓이는 '소금'의 이미지를 부르며 미끄러진다. 흰 가루 형태의 소금과 눈이 가진 공통적 특성에 주목한다든가, 생의 비의를 소금의 짠 맛에 대입하는 시는 드물지 않다. 이 시조가 전체적으로 성공한 작품이라고 평가해도 좋은 이유는 현재와 과거, 현실과 환영, 시각과 청각의 중첩, 즉 앞선 심상이 뒤의 심상을 자연스럽게 불러오는 겹침의 아름다움에 있는 것이다. 사라진 이미지를 지우며 또 하나의 이미지가 돋아난다. "소금꽃 피는 소리", "눈 터는 소리", "쌓이는 눈"에서 감지되는 '소리'는 손에 잡힐 듯 고요하다. 혹은 백색의 슬픔이 다른 백색의 슬픔을 끌어안고, 여리고 섬세한 침묵 위에 또 다른 고요함이 유장하게 쌓인다. 그 희고 적막한 소금밭을 배경으로, 번번이 말에 '실패'하는 화자의 심정이 "짜디짠" 눈물처럼 서럽다.

『소금 박물관』은 시인의 첫 번째 시집 『불룩한 의자』를 점유했던 결핍과 상처를 외면하지도, 부정하지도 않는다. 주로 과거의 결핍과 상처로부터 오는 화자의 고통은 이번 시집에서 보다 미학적인 형태로 갈무리된다. "내 안에는 바람 살 들고나는 문이 있다. / 바다로 향해있는 그 문이 열릴 때마다 / 소금꽃 하얗게 묻어나는 녹슨 경칩이 삐걱인다."(『불룩한 의자』, 「문」 부분)라며 '소금꽃'이 화자의 내면에 노골적으로 피어났다면, 「중도에서 — 소금 박물관」에 이르러 그의 상처 난 기억은 은밀한 잔영처럼 보다 몽상적으로 피어난다. 짙은 감상을 배제하고 알맞은 페이소스로 생의 비의를 유인하는 데서 시인의 문학적 연륜이 충분히 입증된다.

그렇더라도 "떠돎이 생업"이었다고 할 만큼 "뿌리 없는 가계"를 가졌던 아버지, "바람의 족속이어서 (……) 도플갱어처럼 떠돌"던 어머니(「바람의 족보」)를 둔 사람은 필연적으로 '바람'이란 족보에 자신의 이름자를 새길 수밖에 없다. 아무리 촘촘한 그물로도 감당할 수 없고 어떤 튼튼한 밧줄로도 묶어둘 수 없는 바람, 그 헛헛한 덧없음이 존재의 근원이기에 "누군가 / 내 몸을 뜯어내고 / 거미줄을 / 치고 있다(「방충망 갈아주는 사람」)"는 고백은 허망함으로 허망함과 부딪히며 살아야하는 생의 일그러진 환상, 새로운 삶을 구현하려 하나 항상 무상無常할 뿐인 자의 현실이 만들어내는 실패담이다. 우리가 시인의 시에서 가난한 자들의 '소외'와 '고독'을 읽어내지만, 그 '소외'와 '고독'이 자신을 부정하는 자의 고통스러운 상처와 곧잘 결합하는 내막이 그러하다.

시는, 아무리 멀리 가더라도 자신의 삶에서 그 재료를 취한다. 시의 절실함과 내밀한 고백은 별반 다르지 않다. 하지만 침묵과 침묵의 매듭 사이에서 손영희의 시조는 자신의 이야기를 소모하거나 탕진하지 않는다. 그는 개인의 역사와 상처가 깃든 말들을 침묵함으로써 숨기거나, 자명한 의미가 아닌 불투명한 이미지로 가시화한다. 기록과 판단이 중지될 때, 비로소 마지막 '한 겹의 진실'이 남는다는 사실을 그는 알고 있다. 손영희의 시조가 노래보다 어둡고 춤보다 무거운 이유, 괴로움과 즐거움을 동시에 던져주는 게 그 때문이다. 그리고 그 한 겹의 진실이야말로 세계에서 문학이 사라지리라는 풍문에도 불구하고 어딘가의 누군가가, 여전히 시를 쓰는 이유이기도 할 것이다.

소금 박물관

지은이 · 손영희
펴낸이 · 유재영
펴낸곳 · 동학사

1판 1쇄 · 2015년 5월 22일
출판등록 · 1987년 11월 27일 제10-149

주소 · 121-884 서울 마포구 토정로53 (합정동)
전화 · 324-6130, 324-6131 | 팩스 · 324-6135
E-메일 | dhsbook@hanmail.net
홈페이지 | www.donghaksa.co.kr
www.green-home.co.kr

ISBN 978-89-7190- 480-0 03810

※ 이 책은 2013년 서울문화재단 창작지원금으로 발간되었습니다.